DIÁLOGO DOS OLHARES

LEANDRO SOUSA

Traficando Literatura Publicações Independentes

Capa e projeto gráfico: Alisson (CR Designer)

Revisão: Marciléia Alves Ribeiro

Diagramação: Traficando Literatura Publicações Independentes

Ilustrações: Douglas Viana

AO SR. SEBASTIÃO
(In memoriam)

"A vida não passa de uma oportunidade de encontro; só depois da morte se dá a junção; os corpos apenas têm o abraço, as almas têm o enlace."

(VICTOR HUGO)

A EPOPEIA DE MUITOS HERÓIS

É antes de tudo uma escrita clara. É um grito. É um estrondo sobre uma dor, porque escrever também é isso. A palavra de "Diálogo dos olhares" encontra-se com todo tipo de leitor; primeiro para os que vivenciaram a batalha da perda. Segundo para os que têm medo. Há quem diga que não teme o nosso mais certo destino? Não! E é também desse tipo de escrita que o mundo precisa. Porque escrever, de alguma forma, sempre será sobre isso: sobre aquilo que a gente é.

A maneira como o autor descreve todo o caminho percorrido pelo herói dessa história é marcada não só pelas estratégias ficcionais bem colocadas, mas por uma realidade comum, cotidiana, próxima – de mim, de você, de todos nós. A descoberta, o medo, as ruas movimentadas como se a vida zombasse da nossa dor e continuasse por pura birra. Ora, por ficção se paga caro, mas aqui, leitor, a realidade é por conta da casa.

Eu vejo que nessa epopeia o herói se transforma.

O verdadeiro não se desfaz, não desaparece, não morre: mas ele se integra com outras milhões de faces espalhadas por aí. Eu vejo que essa epopeia moderna só discorre sobre heróis.

Eu leio esse canto popular e me transporto para o mais profundo da minha própria história para reacender mais chamas em mim, porque a morte é uma vela pequenininha que fica acesa em um lugar bem distante dentro da gente e, de repente, em um dia sem Sol, ela reacende e queima.

Perdoe-me Leandro Sousa, mas não sei discorrer sobre este livro sem partir da minha pior dor até agora; não posso escrever apenas literariamente, já que esta história também é minha e de tanta gente. Não posso fechar essa página sem dizer que aquele garoto correndo na rua, com sua dor engasgada e crua, é o maior herói da história. Assim como não posso sair sem dizer que monstros diferentes me encontraram e eu não pude derrotá-los. Mas a gente venceu, veja!

E é isso que os nossos heróis querem ver.

É, antes da minha dor, uma escrita viva! Leandro Sousa conseguiu decifrar e discorrer de uma maneira clara e precisa sobre o que fica entalado na garganta de tanta gente. É como aquela lágrima que desceu depois de um abraço e abriu caminho para o inevitável. É uma escrita que jorra.

"Enfim, chorei!"

Por Marciléia Ribeiro

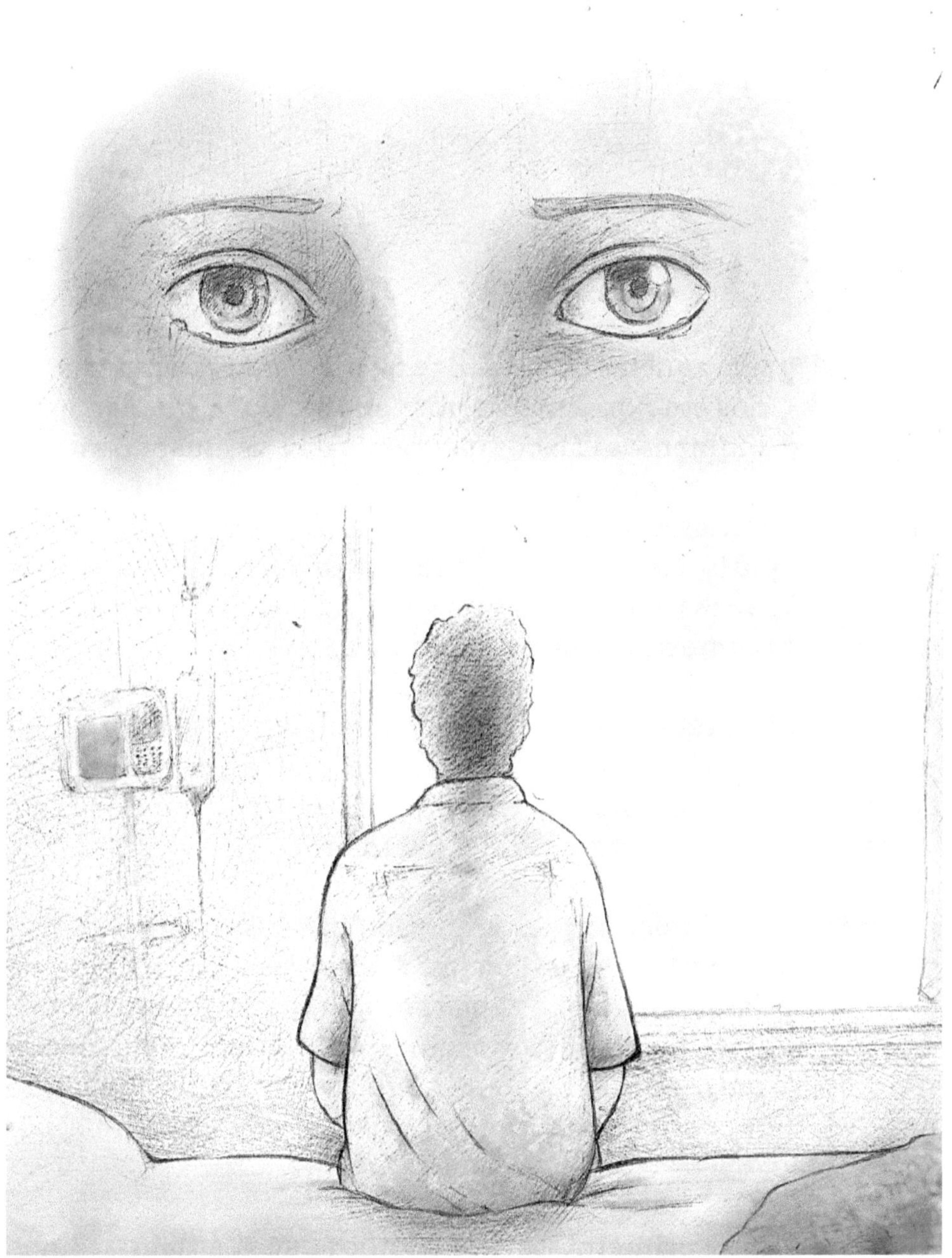

Sabe aqueles momentos que marcam e ficam registrados em nossa mente por toda a vida? E quando esses momentos não comportam palavras, quando são feitos de gestos somente, de expressões ou impressões? E quando são feitos de olhares? Dizem que "os olhos são as janelas da alma"! Há algo de profundo no olhar. E é tão forte quando olhos se cruzam, que às vezes enganam o tempo e fazem da efemeridade de um instante a imortalidade da lembrança.

Os olhos tecem seus diálogos silenciosos ou gritantes. Expressam dores, alegrias, paixões e, muitas vezes, cumplicidade. Conversas secretas confiadas na troca de olhares cúmplices. Só eles sabem. Só eles sentem. Só eles guardam.

Os olhos poderiam ser a entrada para as memórias. Portanto, seriam portas e não janelas. As imagens entram e se recolhem em lembranças que se perpetuam, desafiando o tempo, este, por sua vez, outro misterioso, que em certas circunstâncias se apressa e em outras desacelera. Muitas vezes traidor. Segue no teatro da vida como agente duplo, sendo, por vezes, mocinho, por vezes, vilão.

A reflexão primeira seria esta: olhos que guardam e tempo que passa. Assumindo funções opostas, este que não para seu curso não engana aqueles que guardam e resistem.

Tempo que cura feridas, mas deixa cicatrizes, muitas vezes, não visíveis aos olhos alheios, mas sentidas por quem as tem. Perdas. Laços tão fortes, ligações tão estreitas que, quando quebradas, geram um efeito em cadeia e muitos são afetados. Perdas. Só quem já as teve sabe a experiência que é.

Qual o papel do tempo? Como e de onde tirar as forças necessárias para prosseguir? Como a existência de um ser afeta a de outro? Como a ausência de um ser afeta a presença de outro? Os olhos que viram talvez tenham as respostas a estas e a outras perguntas. Ou não!

O autor

O DIÁLOGO DOS OLHARES

N ão me recordo bem de minha vida até aquele ponto. Acredito que foi um ponto-parágrafo, ao menos para mim. Falo de um último encontro e de uma última troca de olhares. Um olhar de um ponto-parágrafo encontrando-se com o olhar de um ponto-final. Desculpe se não sou claro ao falar. De que adiantaria ser claro, se o bom mesmo é o suspense do manejar das palavras?

Mas a verdade é que, antes de sair da enfermaria, voltei-me e fitei-o. Tão profundo. Tão eterno. No momento, não imaginei que aquela expressão fosse de despedida. Não sabia que os olhos também dizem adeus. Imaturo, não conhecia finais.

Demorei algum tempo – que já não sei ao certo quanto tempo foi – perguntando-me o que me impediu de voltar ali da porta e dar-lhe um grande abraço. Apertado. Demorado. Que, sem falar, diria: "bom foi te conhecer. Obrigado por ter existido em minha vida, mesmo que por pouco tempo". Dezessete anos. Pouco tempo.

Às vezes me pergunto se eles – os olhos – sabiam que se despediam, ou também se enganavam com a esperança de poder me ver novamente. Às vezes penso que sabiam.

Sabe quando alguém interrompe uma frase como se quisesse falar algo, mas que por algum motivo se detém, deixando o interlocutor curioso, receoso ou preocupado de que dali sairia algo importante? Essa foi a sensação naquele instante. Mas nenhuma palavra foi dita. Eram eles que falavam. Os olhos. Que teciam o diálogo silencioso. Sentido. Pressentido. Não dito.

Como ficavam com o findar das visitas? Será que choravam?

Há muito, já não eram os mesmos. Já não viam tão bem. A tomografia revelou que o tumor na cabeça afetou a visão. O oftalmologista, em segredo, desconfiava. Procurado primeiro, indicou um neurologista como quem indica um pesadelo.

Pronto. Estava na hora de crescer. Mas esqueceram de me perguntar se eu estava pronto. Esqueceram-se de se importar. Então aqueles jovens olhos inocentes viram o desenrolar de toda a história do começo. Ou seria do fim, já que se tratava do final de uma história?

O certo é que andamos juntos para consultas e exames, e estranhava como aquele grande e forte guerreiro, vencedor de inúmeras batalhas, ágil e poderoso combatente, apoiava-se no meu ombro como a uma bengala, quando tropeçava em suas próprias pernas no simples ato de atravessar a rua. Pensava: "não tenho forças para segurar gigantes".

O MONSTRO

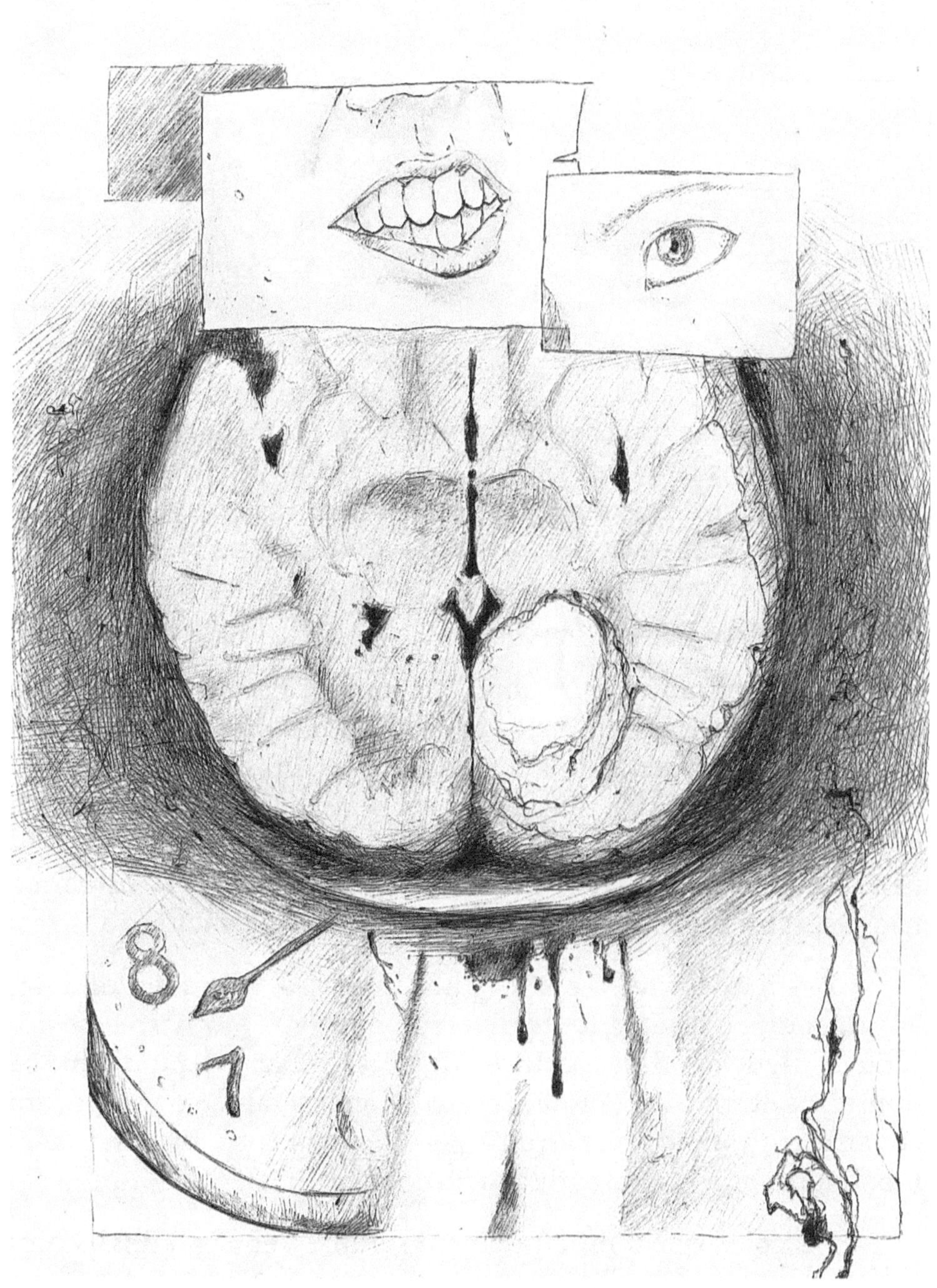

O uvi, por um deslize, de alguém que não segurou o assombro: "É um tumor!". Essa palavra não me assustava quando a ouvia na TV. Talvez os tumores noticiados, que afetavam artistas e personalidades, não doessem tanto assim. Ao menos, não lembro se doíam. Mas o que ouvi, pronunciado pela boca do assombro, doeu muito. Tão intenso que feriu. Tão profundo que marcou.

E isso me faz refletir sobre a cicatriz que ficou, na verdade, é a mesma ferida, insistente, que se perpetuou como uma tatuagem na mente (ou seria na alma?). Creio que assim são todas as cicatrizes. Parece que elas têm a terrível missão de não permitirem esquecer. Há quem diga que são troféus, representando as intempéries superadas. Outros, que são lembranças que te ensinam a não mais cometer o mesmo erro, evitando as mesmas feridas.

Desmascaramos, então, um monstro antes escondido, adormecido. Despertado, tornou-se imbatível. Monstro esse dotado de alguns poderes, como o de determinar o tempo. Pois os ponteiros do relógio enlouqueceram, aceleraram, e o tempo, em covarde cumplicidade, correu a passos largos. Sem chão, flutuávamos. Meros espectadores de um filme sem graça.

Descobri que o mocinho nem sempre vence no final. Colocaram elementos de filme de terror em um conto de fadas. Acho que ambos os gêneros cinematográficos foram frutos do mesmo autor. O Senhor dos destinos. Destino? Ah, é algo que tem a lamentável função de fazer sentirmo-nos impotentes.

Tantos endereços. E o monstro encontrou o nosso. Já tinha ouvido falar dele, mas não imaginava que iria encará-lo tão de perto. Coragem? É difícil tê-la quando o mestre sucumbe antes de completar a missão de treinar o discípulo que, inocente, pensava ser algo que logo passaria. As gripes, febres, ossos que se quebram, acidentados, coma, cirurgias, todos têm o prazer do recomeço, o prazer de olhar para trás e suspirar em águas tranquilas depois de passada a tempestade.

Recordo-me do encontro com o monstro. Em nenhum momento mostrou-se inofensivo ou misericordioso. Ao contrário, ele veio agressivo, violento, devastador. Sem chance de revide da parte do adversário.

Qual será a sensação de alguém que não sabe nadar presenciar um ente querido se afogar? Ou, em meio a um incêndio, não poder entrar na casa em chamas para salvar alguém que sufoca na fumaça? Meros espectadores. Foi assim quando ele chegou. Assustador. Sem modos e sem pudor. Dominador. Domina a dor. Desgraçadamente, era um terrível monstro o tumor.

DAS PAREDES PARA DENTRO

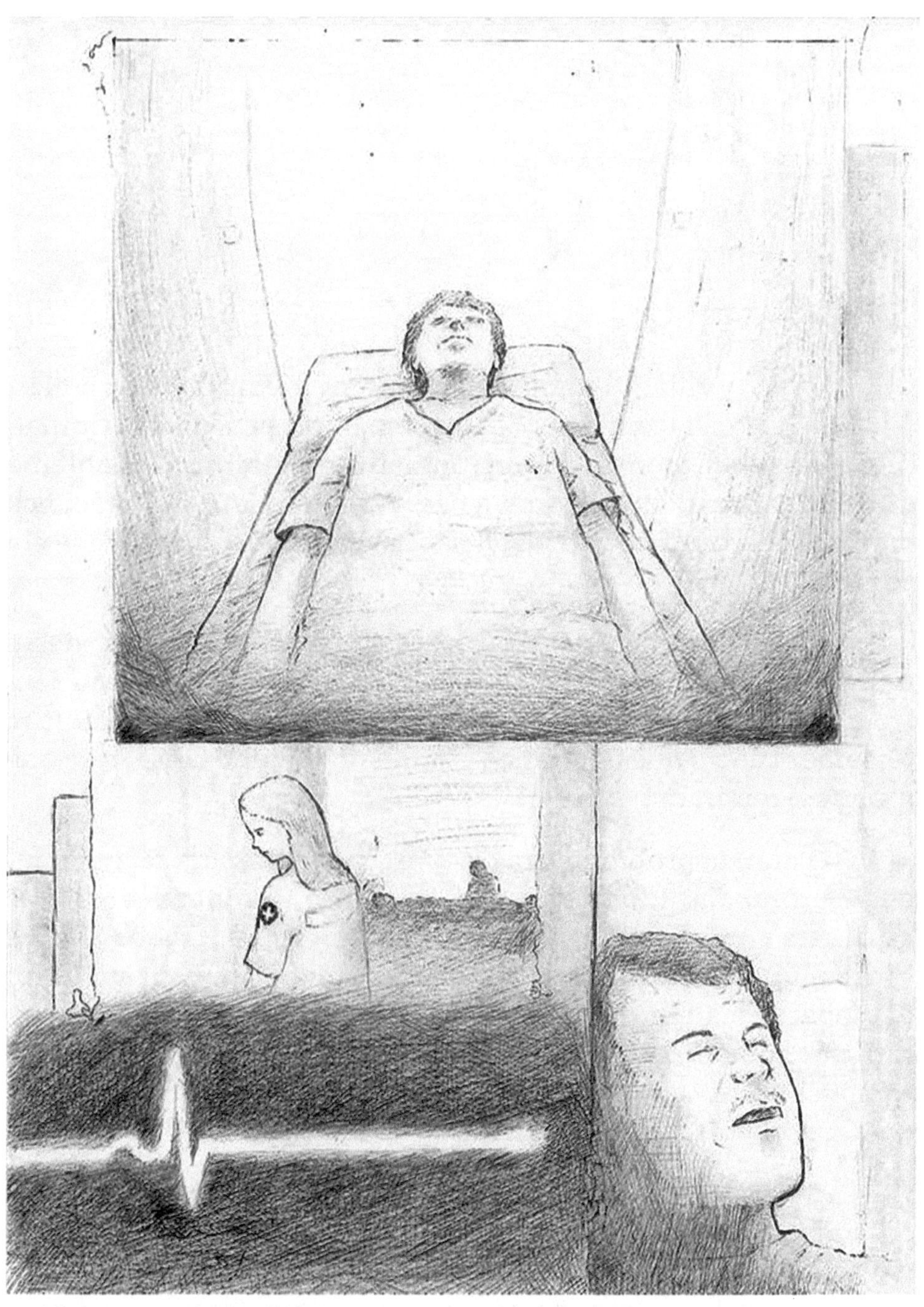

A vida. Viemos sem bagagens e voltamos sem elas. Viagem que começa sem data certa para terminar. Devemos aproveitar bem essa viagem. O problema é que nos apegamos a lugares, a pessoas, a momentos. Então, fica mais difícil a hora da partida. E não sabemos quando ou onde ela começa.

Até a porta do centro cirúrgico, o vi consciente desse mundo, deitado em uma maca. O que ocorreu das portas para dentro é um mistério, histórias contadas que só nos resta acreditar. "Fizemos tudo o que podíamos". Também ouvimos essa frase que muitos já ouviram.

O grande problema era o monstro que possuía raízes grandes e profundas. É possível que, há muito, instalara-se ali e se espalhara como quem domina. E, logo, foram separados algoz e vítima, unidos em secreto por tanto tempo. Um capturado foi descoberto maligno, o outro, aprisionado agora em um corpo estático, exposto aos "cuidados" dos profissionais da unidade de terapia intensiva, que frequentávamos nos revezando de dois em dois, nas visitas das quinze horas.

O herói, sempre reservado, cauteloso, zeloso de si em seu dia a dia, agora estava ali sem pudor, mostrando defeitos que cuidava sempre em esconder. Forte guerreiro que era, cismava em não mostrar detalhes que temia que julgassem fraqueza. O herói tinha um problema em uma das pernas e agora qualquer um podia ver. Inclusive eu.

A indignação por tal cena me dizia no íntimo que reclamasse para manter os quereres do guerreiro. Mas ninguém conhecia suas preferências. Ninguém, de fato, o conhecia. Agora era mais um lutando pela vida.

Perguntava-me: "Será que não veem que esta pessoa que aí está é um grande e forte guerreiro, um valoroso herói, um ser humano bondoso de virtudes inigualáveis e de um caráter único e incomparável?". "Será que ninguém percebe?". E não percebiam. Funcionários em afazeres rotineiros que suas funções exigiam.

Era só mais um caso. Só mais um dentre inúmeros que já viram. Como um jovem de dezessete anos poderia convencê-los do contrário? Eu conhecia aquele homem. Aquele eu conhecia de fato e poderia dizer com todas as letras que ele tinha um grande valor.

E as visitas tornaram-se rotinas e a esperança tornou-se o refúgio. E em um belo dia, em uma dessas visitas, pela primeira vez, percebi que não temos o controle de nada. Era uma voz seca, indiferente, distante e displicente que falava: "Tem algum parente dele entre vocês? Pois é, hoje ele não resistiu a um novo exame e morreu".

Mais uma vez o que se passou das paredes para dentro foram histórias que ninguém viu. Às vezes penso que um leito de UTI é produto disputado. Muita procura, pouca demanda.

CORRIDA SOLITÁRIA

A reação foi correr. Queria poder sair dali e instantaneamente me encontrar em casa. Acolhido pelo familiar conforto do lar. Instintivamente, corria cego e inconsciente. Poderia correr surdo para não ouvir as palavras ecoando em minha alma: "Ele não resistiu...". Uma corrida solitária.

Meus olhos incrédulos não choraram. Traidores, pensava. Era o que qualquer um faria nessas circunstâncias. Chorar.

Tentei ser mais veloz que o tempo. Mas, ao chegar a casa, percebi que falhei. A notícia chegara primeiro. Tão maldosa em levar sofrimento, que conseguiu ser mais rápida do que minhas pernas ansiosas. Ansiosas de descobrir que tudo não passava de um pesadelo. E o pesadelo foi saber que tudo era verdade. A casa já estava entorpecida de pranto e de tristeza. Bebíamos o velório em comprimidos calmantes. Distraindo a realidade. Adiando o sofrimento.

Quando aquele turbilhão de emoções e sentimentos não segurava mais dentro do corpo e quis explodir em lágrimas e dor, o olhar inquisidor de uma dessas bruxas más que pensava só haver em contos de fadas fuzilou-me as intenções e, em seguida, proferiram as palavras sentenciosas: "cala-te! Controle-se! Sua mãe não pode vê-lo assim!". Calei-me de fato. Forte correnteza represada. Cruel abismo impedindo o acalento acesso ao colo de mãe. Mais uma vez, corrida solitária. Completamente órfão.

Não reconhecia minha casa com aquela quantidade de pessoas que ali se encontravam. Tantas eram que ocuparam todos os cômodos, inclusive quartos e banheiro. Destituído o rei e com a rainha enfraquecida, o reino era de qualquer um.

É incrível a flexibilidade do tempo, que às vezes passa tão rápido, acelerando os bons momentos com boas companhias, e, outras vezes, é eterno, como aquele dia que simplesmente não acabava.

O guerreiro, emoldurado e exposto na sala, indiferente a tudo e a todos. Observado por pessoas trancadas em semblantes baixos e graves, em uma espécie de respeito e reverência a tal força que dominava o ambiente. Força esta imbatível, que a inteligência humana não vence, que, quando toma uma decisão, nada ou ninguém pode contrariar. Força intangível e invisível, além do entendimento e do querer dos homens. Morte. Chega intrusa, invasora, delinquente, ladra, dominadora e extremamente poderosa.

Muitos braços se empenhavam em dar assistência às vítimas da tristeza. O silêncio quebrava-se pelos soluços e pelas vozes que cochichavam sobre os feitos do guerreiro. "Era um bom homem", diziam. E entre um gole e outro de café, todos concordavam.

CHOREI...

Fui levado até a sala para ver o que não queria. Arrastaram-me. Diante de olhares que indagavam as lágrimas ausentes. Cochichos narravam os detalhes do momento. "É o filho mais novo". Alguns olhos cansados, outros chorosos, outros, somente curiosos. Os meus, confusos e desacreditados. Pensava: "será que ele sonha enquanto dorme?"

O clima solene, a quentura das velas que, sopradas, facilmente apagariam; o cheiro do café, combustível fúnebre que não falta, tão presente quanto as flores, enfeites agora sem graça e sem beleza, não deveriam estar ali, deveriam estar arrancando suspiros de uma dama apaixonada ou distraindo os olhares de crianças brincando no jardim. Quem as inquiriu para missões de despedida? Murchariam. Morreriam.

Olhava o guerreiro em seu descanso, publicamente a dormir. Ainda estava ali? Ainda não nos deixara? Ainda havia esperança? Ainda acordaria?

O enfeite da casa era o sorriso alto que contagiava, não aquela pintura naquela moldura. O enfeite da casa continuará a ser o sorriso, expresso nos sonhos, presente na mente. Presente.

Meus olhos estáticos a contemplar o gigante inerte. Não sei por quanto tempo, muitas horas ou alguns segundos. O relógio era impedido de desempenhar seu ofício. O tempo, tão implacável, confundiu-se por um instante. Olhar contemplativo que teimava em não dizer adeus quando fui conduzido para fora da sala, em um momento em que outros decidiam por mim.

Estava sozinho, como uma previsão dos dias vindouros que começavam ali. Sabia que queria colo. Sabia que queria estar com a família. Queria estar.

Entre os parentes que chegavam de longe, coincidentemente (providencialmente), tropecei em uma figura semelhante à materna. Fisicamente parecida. Topei com a tia, a quem dei o título de madrinha, e abracei neste momento minha mãe. Então, as águas salgadas arrebentaram a represa e transbordaram em lágrimas carentes.

Enfim, chorei. Copiosamente, chorei.

CÚMPLICES...

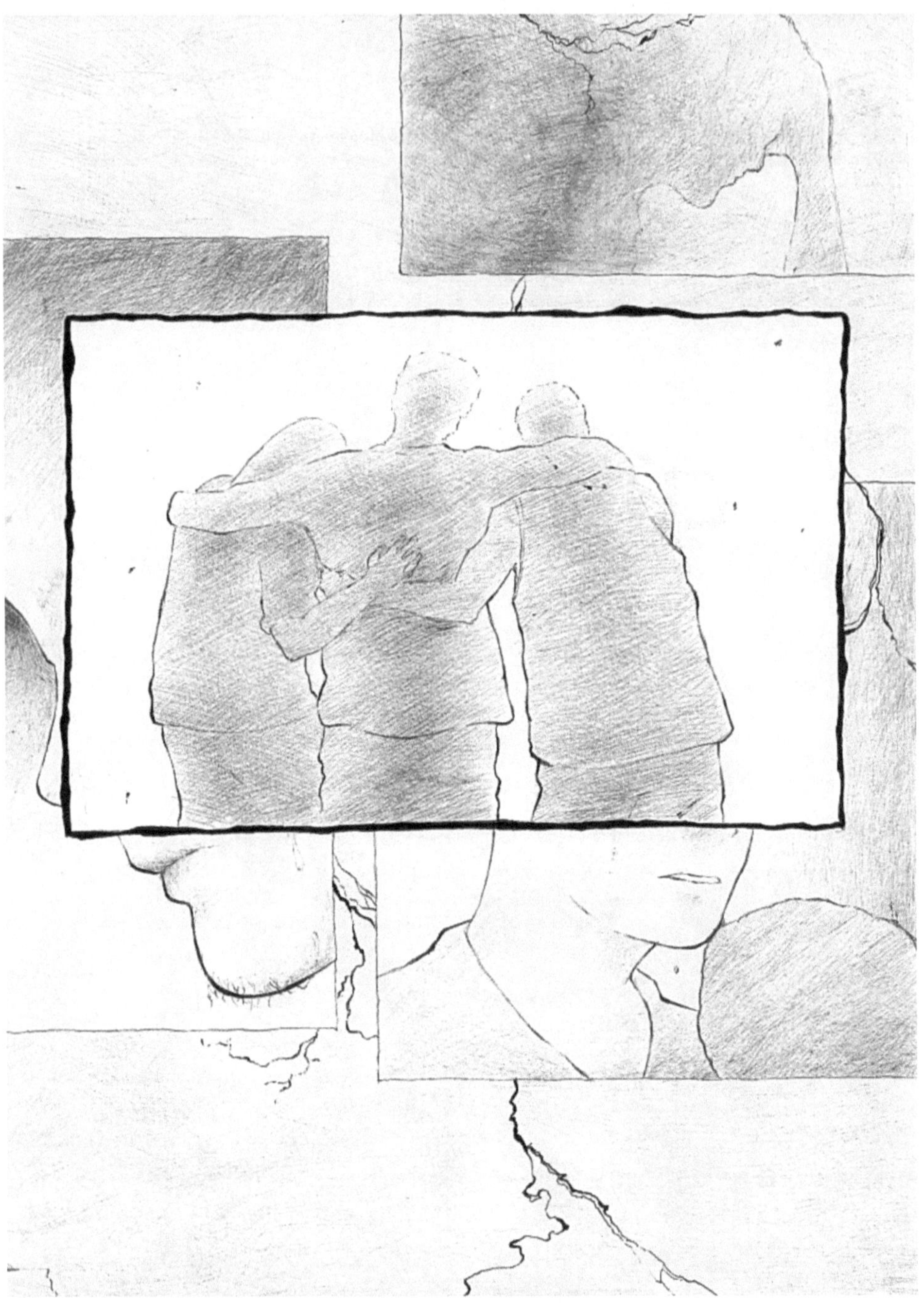

Os filhos, amparados cada qual por seu grupo de amigos, pareciam não estar no mesmo lugar. Nossas dores ainda não haviam se cruzado.

O dia que vagava perdido em nossa história, enfim, parou eternamente no encontro dos olhares dos três órfãos. Cúmplices do mesmo sofrimento.

Unidos pelos laços sanguíneos, abraçados, em um pacto de amor e dor, vazio e consolo, lembranças e saudade.

Eles sabiam. Só eles entendiam. Só eles sentiam. Energia intraduzível. Choravam abraçados. No desespero da incerteza, mas certos que tinham um ao outro. Choravam abraçados. Difícil descrever o indizível, talvez indecifrável...

Choravam abraçados.

CEDO
DEMAIS PARA
RECOMEÇOS

O s velórios são assim. Não nos acostumamos com a morte.

Há três momentos de ápice da dor. O recebimento da notícia do óbito, a chegada do corpo para as cerimônias fúnebres e a saída para a "morada mórbida".

A chegada do corpo é o atestado da veracidade da notícia, é quando se tem a certeza de que é real. Quando os olhos acreditam.

A saída para o cemitério é como se só nesse momento o ente querido fosse de fato nos deixar. É como se ainda estivesse conosco, ali, exposto na sala. O choro, a angústia, os lamentos e a dor do momento do recebimento da triste notícia se repetem. Mais intensos. Mais tenso.

Sobraram carros no cortejo. Segui com os sentidos e a alma dormentes. Anestesiado pela dor. Dopado de tristeza. Vencido. Incapaz.

"Joga um punhado de terra em despedida!" – alguém falou. Queria poder enterrar minha dor.

Voltei vazio para o lar. A casa agora enorme. As paredes impregnadas de saudade. Cedo demais para recomeços.

Os dias então seguiram silenciosos e arrastados. Tudo em nós era luto. A rainha, agora sem seu confidente das conversas baixinhas e noturnas, estava desprotegida em sua viuvez. Os filhos sem espelho, inseguros na certeza de "como será?".

DIAS DIFÍCEIS

dos
Pais.

C omo dizer que um determinado momento foi passageiro se ainda o tenho nítido na mente?

Como uma fotografia que recorta o tempo e imortaliza a cena, assim foi quando percebi que não mais o veria. As lágrimas dessa vez não foram minhas únicas companheiras. Acalentado pelo irmão mais velho que, inexperiente, esforçava-se em fazer as vezes do outro. Família tem desses momentos de cumplicidade, que morrem abafados entre quatro paredes, estas, alicerces da intimidade, amigas da fraqueza.

Lembro-me desse momento porque ele foi único. E "único" foram todos os primeiros momentos sem aquele querido guerreiro. O primeiro Natal, o primeiro *réveillon*, o primeiro segundo domingo de agosto...

Essas datas quebravam a rotina a qual nos entregávamos para esquecer e vinham implodir as fortalezas nas quais escondíamos nossas dores para prosseguir.

Mas sempre consolava-nos com suas visitas sorrateiras em nossos sonhos. E era assim que matávamos a saudade e a vontade de querer estar perto.

O tempo seguiu determinado em seu curso, e as tempestades vieram. A rainha tirou forças de onde não tinha e batalhou perspicaz. Houve épocas de intensos ataques ao reino, que pareciam vir de todas as partes, inclusive de dentro: conflitos internos. Dias difíceis.

VENCEMOS

O tempo talvez tenha várias faces: às vezes se comporta como inimigo, outras vezes assume o papel de apaziguador, remediando feridas, acalmando corações, restaurando ânimos...

Hoje, o tempo que passamos sem você já supera o que passamos com sua presença. Muitas coisas aconteceram... Crescemos...

Vejo meus filhos correrem pela casa e imagino como que o forte guerreiro reagiria. Sucumbiria às brincadeiras dos netos sempre tão vívidos de energia? Ficaria emocionado com aquele que herdou seu nome?

Olho as cãs de minha mãezinha, valente, forte, guerreira. Penso então em como seriam as feições do guerreiro, passado todo esse tempo. Como ele ficaria de cabelos grisalhos?

Queríamos que estivesse presente em tantos momentos difíceis que vivemos, sabemos que seria diferente com você do lado. Queríamos que estivesse presente em tantos momentos bons que vivemos: lugares que conhecemos; vitórias que tivemos; as formaturas; o nascimento de nossos filhos...

Teria sido você em meu lugar a dar o braço a minha amada irmã para conduzi-la até o altar naquela data especial. Senti-me honrado em lhe representar, como quem pedisse permissão e dissesse: "Estamos cuidando de tudo por aqui! (na medida do possível)"

Aprendemos a agradecer pela oportunidade de conhecê-lo, de termos tido o prazer de conviver com você, ao invés de ficarmos lamentando a sua partida. Acredito que, em meio a muitos erros, terminamos acertando em nossas escolhas e caminhos. Espero que se orgulhe das pessoas que nos tornamos. Tem muito de você em nós.

Posso findar lhe dizendo que vencemos; que esperamos a oportunidade de um dia reencontrá-lo e, quem sabe, reunirmo-nos novamente, sem dores, nem pranto. Posso findar dizendo muito obrigado por ter existido em nossas vidas!

Enfim, grande e forte guerreiro, posso dizer-lhe, ecoando as vozes de minha mãe e de meus irmãos:

"TE AMO, PAI!"

O Autor

Francisco Leandro Sousa Silva nasceu em 29 de junho de 1982, em Teresina–PI. É graduado em Letras Português, pela Universidade Estadual do Piauí (UESPI), com especialização em Docência do Ensino Superior, é poeta, contista, rapper e professor de Língua Portuguesa. Autor dos livros "Ser Mente Poética" (poesia, 2017), "Traficando Poesia" (Poesia, 2020) e "A poesia rap das ruas para a escola: uma estratégia de leitura e produção" (Pesquisa acadêmica, 2020).

O autor desenvolve o Projeto Traficando Literatura, projeto de incentivo à leitura, à literatura e ao ensino, que, dentre outras ações, promove a distribuição gratuita de livro e a publicação de livros por meio do selo independente "Traficando Literatura Publicações Independentes".

O Ilustrador

Douglas Viana Elizeu, nascido em maio de 1998, é natural de Altos – Piauí, cidade onde mora.

Desenhista autodidata e músico amador, começou como ilustrador no blog "Causos Assustadores do Piauí", onde ganhou destaque.

Seus desenhos tiveram participações em livros, como "A Magia das Palmeiras", de Rafael Noleto, e na galeria de artistas da HQ "Foices e Facões" (2ª edição).

Em 2019, expôs seu trabalho, pela primeira vez, na "II Exposição de Arte Alternativa Piauiense".

É membro do grupo de pesquisas "Zé Bilu", que busca preservar o patrimônio histórico e cultural de sua cidade.

Atualmente se aventura no mundo dos quadrinhos, em obras que ainda estão em processo de publicação.

LIVROS DESTE AUTOR

Ser Mente Poética

Ao fazer a leitura dos poemas de Leandro Sousa, pude comprovar que seus pensamentos adquiriram asas e passaram a voar, são "léxicos a se derramar", se repletos de razão ou emoção? Não sei. Acredito que sua voz seja costurada pelas experiências tecidas no cotidiano, amor materno, desejos, instintos, consciência da passagem do tempo, efemeridades, medo, assombro do não se ver mais como criança, o surgir da maturidade, a busca de uma postura social que não deixe tão evidente o seu EU. O poeta, aprendiz entre os aprendizes, engatinha, tenta erguer-se, faz o jogo com as palavras nas folhas em branco, consciente das múltiplas personalidades humanas "fulano", "cicrano", "maqueiro", "trabaiador", "o rei", todos dentro de um espaço repleto de espelhos, olhos que nos vigiam as ações – consciência – somos SOMBRAS DESCONHECIDAS."

Este é o primeiro livro de Leandro Sousa, nele, o autor faz uma compilação de poemas de temáticas diversas, buscando semear "semente poética" para que aquele que a colher possa "ser mente poética".

Traficando Poesia

Este livro, "Traficando poesia", é fruto de um fanzine lançado pelo autor em 2018, a partir do qual surgiu o Projeto Traficando Literatura, projeto de incentivo à leitura, à literatura e ao ensino, que contempla os seguintes subprojetos: "Poesia no busão", poesias adesivas coladas nos ônibus de Teresina; "Tráfico de livros", que promove a distribuição de livros em eventos das periferias da cidade; "Traficando Literatura Publicações Independentes", o qual tem como objetivo publicar obras de autores periféricos.

A Poesia Rap Das Ruas Para A Escola: Uma Estratégia De Leitura E Produção.

A POESIA RAP DAS RUAS PARA A ESCOLA: uma estratégia de leitura e produção é fruto do Trabalho de Conclusão de Curso (TCC) apresentado ao curso de Licenciatura em Letras Português pela Universidade Estadual do Piauí (UESPI), em agosto de 2018. O trabalho é resultado de uma pesquisa apurada, que durou três anos, tratou de investigar as origens do rap e se alicerçou em uma proposta ousada: levar o rap à sala de aula, através de uma oficina de poesia, a qual contou com produção e apresentação em forma de sarau.

Agora, em forma de livro, a obra aborda a origem do rap, procura traçar um percurso do rap das ruas às salas de aula e propõe uma oficina de leitura e de produção baseada no rap enquanto texto poético, descrevendo passo a passo como deve ser elaborada e aplicada essa oficina, que pode ser copiada e reproduzida por professores e demais interessados.

O livro traz, também, como material complementar, 3 modelos de oficina a serem reproduzidas, que podem ser aplicadas em 12 aulas, em 6 aulas ou em 6 horas, além de apresentar um compilado de textos (raps) como sugestão de uso em sala de aula.

"Diante da vastidão do tempo e da imensidão do universo, é um imenso prazer para mim dividir um planeta e uma época com você."

(Carl Sagan)

TRAFICANDO LITERATURA

PUBLICAÇÕES   INDEPENDENTES

INSTAGRAM:

@traficando_literatura

INSTAGRAM:

@alissoncr.design